# Le boogie-woogie de Pat

Dansons le boogie-woogie!
1-2-3. Allons-y!

1.

2.

Glisse à droite, remue le popotin.

Glisse à gauche, remue le popotin.

5.

6.

7.

Rock'n'roll!

Fais un bond en arrière.

Rock'n'roll!

— Dès que tu entends un air entraînant, laisse tes pieds taper le sol et danse,

# DANSE, DANSE, DANSE!

— Tu as raison! s'écrie Pat.

Je ne veux plus manquer une danse!

— Pat, dit-elle, n'essaie pas
de danser comme un pro.
   Tu dois juste te sentir bien
dans ta peau.

Huguette la chouette l'observe depuis sa branche.

Pat a envie
d'abandonner.

Oh non!
Ma carapace
t'a fait trébucher!
Pourtant cette danse
n'est pas compliquée.

— Pat, pour danser sur cette chanson,

remue-toi et
    tourne en rond!

— Hé! Lulu, peux-tu m'apprendre ta danse?

Comment fais-tu pour bouger?
Comment fais-tu pour t'éclater?

Alors que Pat s'entraîne encore à danser
le boogie-woogie, il croise Lulu la tortue et s'écrie :

— Mes pieds tapent le sol
dès que j'entends de la musique,
car la danse,
c'est magique!

J'ai envie de bouger.

Je ne vais pas abandonner!

Danser me remplit de joie.

Je vais essayer encore une fois.

Pat ne sait pas quoi
dire à son ami.
Il fait demi-tour et
rentre chez lui.

# Aiiiiie! Pat, tu m'as écrabouillé le nez!

## Tu n'es pas vraiment doué pour danser!

— Tu vois, Pat, j'aime le genre techno.

# Agite les bras
# et bouge comme un robot!

— Salut, Otto, peux-tu m'apprendre ta danse? Comment fais-tu pour bouger? Comment fais-tu pour t'éclater?

Alors que Pat s'entraîne encore à danser
le boogie-woogie, il croise Otto l'ornithorynque
d'Australie.

— Mes pieds tapent le sol dès que j'entends de la musique,
car la danse, c'est magique!
J'ai envie de bouger.
Je ne vais pas abandonner!
Danser me remplit de joie.
Je vais essayer encore une fois.

Pat ne sait pas quoi
dire à son ami.
Il fait demi-tour et
rentre chez lui.

— Regarde, Pat, c'est vraiment facile!

Dis chat-chat-chat
et danse avec style!

Alors que Pat s'entraîne à danser
le boogie-woogie, il croise Henri, l'écureuil gris.
— Hé! Henri, peux-tu m'apprendre ta danse?

Comment fais-tu pour bouger?
Comment fais-tu pour t'éclater?

Je ne vais pas abandonner!

Danser me remplit de joie.

Je vais essayer encore une fois.

— Mes pieds tapent le sol
dès que j'entends de la musique,
car la danse, c'est magique!
J'ai envie de bouger.

Cette nuit-là, Pat reste longtemps ÉVEILLÉ.
Il pense : Peut-être que Gaston dit la vérité.
Et si mes pas de danse sont vraiment minables?
À l'idée de NE PLUS danser, Pat est inconsolable.

Pat le chat apprend une nouvelle danse :
le boogie-woogie!
Gaston le bougon le regarde et dit :
— Cette chanson est super,
mais tes pas sont tout le contraire!
Pat ne sait pas quoi dire à son ami.
Il fait demi-tour et rentre chez lui.

Pat le chat
Je danse tout le temps
Kimberly et James Dean
Texte français d'Isabelle Montagnier
SCHOLASTIC

*Pour Amelia Swan, la fille qui adore danser!*
*Eccl 3:4*
*— J. D. et K. D.*

Catalogage avant publication de Bibliothèque et Archives Canada

Dean, Kim, 1969-
[Pete the cat and the cool cat boogie. Français]
Je danse tout le temps / Kimberly Dean et James Dean ;
texte français d'Isabelle Montagnier.

(Pat le chat)
Traduction de: Pete the cat and the cool cat boogie.
ISBN 978-1-4431-6821-2 (couverture souple)

I. Dean, James, 1957-, auteur, illustrateur II. Titre. III. Titre: Pete
the cat and the cool cat boogie. Français.

PZ23.D407Je 2018      j813'.6      C2017-906737-0

Édition publiée par les Éditions Scholastic, 604, rue King Ouest, Toronto (Ontario)  M5V 1E1,
avec la permission de HarperCollins.

5  4  3  2  1      Imprimé au Canada  119      18  19  20  21  22

Typographie : Jeanne L. Hogle

L'artiste a réalisé les illustrations de ce livre au stylo et à l'encre ainsi qu'avec des
aquarelles et de la peinture acrylique sur du papier pressé à chaud de 300 lb.

**3.**

Ensuite, frappe 3 fois dans tes mains.
Bravo! Tu as le rythme dans la peau!

**4.**

Fais un bond en avant.

**8.**

Eh oui! Tu as tout compris!

**9.**

Prends ta guitare invisible
et éclate-toi comme Pat.